겨울나무로 우는 바람의 소리

겨울나무로 우는 바람의 소리

초판 1쇄 발행 ㅣ 2024년 3월 29일

지은이 ㅣ 조선남
펴낸이 ㅣ 황규관

펴낸곳 ㅣ (주)삶창
출판등록 ㅣ 2010년 11월 30일 제2010-000168호
주소 ㅣ 04149 서울시 마포구 대흥로 84-6, 302호
전화 ㅣ 02-848-3097
팩스 ㅣ 02-848-3094

ⓒ 조선남, 2024
ISBN 978-89-6655-176-7 03810

겨울나무로 우는 바람의 소리

조
선
남

시
집

삶창

시인의 말

내가 쓴 시는

두렵고, 또 미안한 일입니다.

누가 보기나 한데?

괜히 여러 사람 민폐 끼치는 것은 아닌지

책을 내지 말까?

잠시 망설여지기도 합니다.

좀 예쁜 시어들이 있어

캘리그라피에 인용될 문장도 아니고

읽다 보면 괜히 부담되고

읽다 보면 사는 것이 그렇지 뭐,

잊어버리고 싶은 일상과

감추고 싶은 부끄러움뿐인데.

그런 것들을 시라고 쓰고 있으니

누가 읽고 싶겠어.

괜히 아내에게 미안하고

출판사에 미안하고

안면 봐서 시집 한 권 사야 하는 지인들에게 미안한

그런 시시콜콜한 일상들.

그런 시어빠진 김치 같은 민주주의.

사람 사는 것이, 뭐 다 그렇지, 별수 없는 것을

그런 것을 책으로까지 내야 하겠어?

내가 쓴 시는,

나를 위축되게 만드는 그런 시다.

차례

2부　겨울 숲에는 그리움이 있다

3부　집

1
부

길

2022년 1월 3일 경주 용담정을 출발해서 남원 은적암까지, 수운 최제우 선생이 걸었던 그 옛길을 걸었습니다. 조금이라도 좋은 세상 만들어 보자고 나섰던 길, 돌아보니 길은 더 넓어졌으나, 사람이 살 수 있는 세상은 더 험해졌습니다.

길을 나섰습니다. 길을 걸으며 길에서 물었습니다. 어디로 가야 할까요.

2023년 하동, 광양을 사이에 두고 흐르는 섬진강에서 1894년 동학군 3천 명이 강물에 수장되고 총에 맞아 죽었고, 산채로 묻혀 죽었고, 목이 잘려 죽었던 비극의 민족사 앞에서는 목비 하나 없었습니다.

2024년, 김개남 길을 걸었습니다. 남쪽 하늘을 열어 새로운 세상, 신분이 차별이 없는 세상을 만들고 싶었던 사내, 그래서 자신의 이름을 개남(開南)으로 바꿨던 사내. 잡혀서 처형장까지 끌려가던 그 길을 '개남가'를 부르면 따라 걸었습니다.

130년이 지난 오늘, 신분 차별은 없는가? 누구에게나 기회는 균등하고 평등한가?

길에서 길을 묻습니다.

옛길을 걸으며

수운이 걸었던 옛길을 따라 걷습니다

세월은 많이 흘렀으나
사람이 하늘이고,
하늘을 섬기듯 사람을 섬기는 것이
내 안의 하늘을 모시는 것이
천주의 진리인 것을
세월이 흐른다고.
진리야 변함이 있겠습니까

수운의 옛길을 따라 걸으며
수운의 고뇌와
수운의 번뇌와
하늘을 섬기듯 사람을 섬겼던
그 깊은 생각을 오늘을 살고 있는
우리가 그 길을 따라 걸으며
생각하는 시간이 될 것입니다

여럿이 걸으나
혼자만의 번뇌가 있고
혼자 걸으나 여럿의 발걸음과
여러 하늘의 염원을 모아 걷는 것이니
혼자가 여럿이 되고
여럿의 발걸음으로 모이니
허투루 떠드는 소리가 아니라
한 걸음
한 걸음
길 위에 발걸음을 놓는 것이
진정 하늘을 섬기는 첫걸음이 될 것입니다

경주 용담정에서 남원 은적암까지
걷는 여정이
한 걸음 한 걸음이 모여
언덕에서 부는 바람이 되고
흩어졌다 모이는 구름이 되니
어제가 어제만의 바람이 아니고

오늘이 오늘만의 구름이 아니니
오늘이 내일로 이어지는 이음의 길목이 되니
수운 걸어가신 그 길이
과거에 흘러간 역사가 아니라
오늘을 사는 우리가 바라보는 하늘
섬겨야 하는 하늘을
깊이 성찰하고 헤아려
역사의 숨결을 느껴 보고자 함입니다

오늘 우리가 섬겨야 하는 하늘이 여기 있으니
사람이 하늘이고 하늘에는
권력도
재물도
학력도
땅을 가진 자도 가지지 못한 자도
집이 있고 없고
땅이 있고 없고
정규직도 비정규직도

이주노동자도 임시 일용직도

착취의 검은 손이 누구인지도 모르는

플랫폼, 프리랜서 노동자도

직업이 있고 없고

학벌과 연고가 있고 없고에 따라

인간을 갈라치고 멸시하고 차별하는 것이 없는

새로운 세상 후천개벽은

우리의 삶과

소소한 일상 속에서

한 걸음을 옮겨 놓듯이

생활 속에서 실천으로 이뤄져야 하니

하늘을 섬기듯이 사람을 섬기는 일이

무엇인가를 천 리 길을 걸으면서 깊이 생각하고

성찰하는 기도의 시간이 될 것입니다

천 리 길이 아무리 멀다 해도

첫걸음을 놓으면

마지막 걸음도 있을 것인데

아무리 멀고 험한 길도 여럿이 걸으면
그 길이 아름답고 가까울 것이니
혼자는 혼자가 아니라 여럿이며
오늘은 오늘이 아니라 내일로 열려진 길이며
여럿이 걸으나 걸음을 놓는 것은
작고 소소하지만 자신을 발견하는 길이니
부분이 전체가 되고
전체가 부분으로 이뤄지니
그것이 우주의 섭리고 하늘의 뜻이라 믿는 것입니다

용담정에서 은적암까지 길이
개인의 의지만으로 되는 것이 아니라
여럿의 발걸음이 하나로 모이듯
여럿의 마음들을 모아 걸어야 하고
개인의 의지보다는 하늘이 우리에게 허락하는 시간
이 될 때
가능하다는 겸허한 마음으로 하늘의 뜻을 비는 마
음으로

돌아보고 성찰하며 길을 걸으면
이제까지 살아오면서 보지 못했던
자신의 또 다른 모습을 발견할 것이니
인간의 모습으로 살아가지만
또한 하늘의 한 부분인 자신의 영성을 발견하게 될
것입니다

하늘이 우리에게 허락하는 시간
하늘이 열어주는 길을 우리는 따라 걷고
그 순간
우리는
우리 속에 모신 하늘의 음성을 듣게 될 것이며
진정
시천주의 참뜻을 헤아리게 될 것입니다

우리가 걷는 길은
혼자 걷되 혼자가 아니며
여럿이 걷되 집단 속의 분별없는 객체가 아니며

오늘 걷는 걸음이

어제와 오늘을 이어

내일로 열린 길이 되기를 바래봅니다

일하는 하느님

일은 하늘과 땅과 사람이 교감하는
민감하고 성스러운 순간이다

하늘의 뜻이 사람의 노동을 통해
땅에서 이뤄지는 순간

땅의 일을 하늘에 알리는 제단을 쌓고
나무를 쌓고, 불을 놓는다

이미 내 안에 있는 하늘은
땅의 수고를, 사람이 흘린 땀으로 확인하고
생명의 순환은 비를 내린다

40년간 관군에 쫓기는 몸에도
가장 먼저 해월은 땅을 갈고 씨를 뿌렸다

하루를 섬기듯 삽니다

어둠이 가시기 전에 잠을 깨
하루를 살았습니다
어떻게 살아냈는지
무엇을 하였는지
하루를 살피며 차(茶)를 내립니다

하루의 시작도 찻물을 길으러 가는
새벽길을 따라 걷습니다
새벽에 찻물을 길으러 가는 것은
물도 새벽에는 더디 가고
잠자듯이 고요하기 때문입니다

나에게 허락된 하루는
더는 오지 않을 마지막 순간이라는 것을 알기에
경건한 마음으로 하루를 맞이합니다
걷고, 차를 내리는 것은
나에게는 기도의 시간입니다

하루를 살았습니다.

생각대로 되었던 것은 아무것도 없으며

그저 아픔과 고해의 바다를 허우적거린 것 같습니다

그래도 고맙게 생각합니다

오늘 하루 스치듯 지나친 인연이라 할지라도

내가 섬겨야 할 하늘이기에

가장 작고 보잘것없는 것 하나에도

햇볕과 바람이 태풍이 눈처럼 잠자고 있으니

나무는 자기 몸속에 문신 같이 지워지지 않는

나이테를 남기듯이 하루가 그냥 하루가 아닙니다

하루를 섬기며 삽니다

늘 시작이었고 끝인 하루를 섬기듯 삽니다

가야 할 길

밤새
비가 내렸고
새벽에 길을 나섰다
내가 가고자 하는 길은
뚜벅뚜벅 한 걸음 한 걸음
걷는 걸음 위에 있다

그 어떤 이론이나,
화려한 말장난도
저 푸른 새벽빛을 밝게 할 수 없다

내가 걷는 길 위에서
나는
내가 가야 할 길을 찾는다

지금은
다만 걸어갈 뿐이다
걷다가 보면 어느새 어둠도 물러가고

새벽빛이 내게로 올 것을
걸으면서 느낄 따름이다

이젠 돌아가야겠다 마을로

고단하다.
내 생애 무거운 짐을 지고 살아왔던 날들

이제는 돌아가야겠다
마을로,
마을로 내려가서
늙은 마을로 내려가서

빌딩의 그늘에 가려진
가난한 골목길에 평상이라도
하나 만들어 놓아야겠다

상처받은 늙은, 골목길에
꽃씨 한 줌, 뿌려야겠다

이젠 돌아가야겠다. 마을로
더 이상 팔리지 않는 내 노동의 가치를
부끄러워하지 않고

골목 어귀에
나무 의자 하나 내놓아야겠다

내가 모르는 누군가
피곤한 몸 잠시라도 쉬어가게

첫눈의 기억

객차와 객차를 연결하는 통로에서
레일 위를 달리는 기차의 소음도 그리운
먼 여행을 떠났으면 좋겠어

밤새 달리는 기차는
희뿌옇게 밝아 오는 여명의
차창에 부딪히는 눈발을 보고
첫눈이라 생각했어
첫눈이 아닐지라도 처음 보았다
그렇게 믿고 싶었던 거야

외롭고 쓸쓸한 영혼이
어디 마음 둘 데 없이 떠나온 날
언제라도 돌아갈 수 있는 시골집
따뜻한 아랫목 같은 그리움으로
한 사람을 생각했지

계절이 바뀌고

지금은 제목도 생각나지 않는 책 한 권과
밍크 장갑 한 켤레를 말없이 불쑥 건네주고
언제쯤 다시 만나자는 약속도 없이
떠나가버린 사내의 쓸쓸한 뒷모습에
가슴 아련했던 시간

동해안 바닷가를 밤새 달리는 기차에서
눈이 내리는 새벽을 보고 싶어
다시 푸른 청춘의 가슴 아픈 기억이
그리워질까
외롭고 고독할수록 첫눈의 기억은 강렬하고
잊을 수 없는 순간으로 남는다.

길을 묻는 딸에게

늘 새로 시작하는 일은 두렵고,
삼삼한 밤에 길을 찾아 나서는 기분이지만
그냥 멈춰 서 있기는 더 두려워서
앞은 안 보이지만 그래도 가 본다.
모든 것이 다 보이고
모든 것을 다 알고
모든 것이 마치 손안에 쥔 것처럼 훤하다면
그 길은 처음 가는 길이 아닐 것이니

먼저 해 보고 먼저 가 보고
때로는 넘어지고 또 때로는 상처 입기도 하지만
태연한 척 아무렇지도 않은 듯
그렇게 한두 번 넘어지고 상처 입다 보면
그다음부터 요령도 생기고 넘어지지 않으려고
보이지는 않지만, 발가락 끝에도 힘을 주게 된다

그냥 가다 보니까 길이 되고
그냥 가다 보니까 앞이 보이더라

배운 것도 부족하고 가진 것도 없이
누가 내 뒷배를 봐주는 이는 더더욱 없으니
나의 길은 늘 외롭고 힘겨웠다
늘 아프고 쓰리지만 늘 당당한 모습을 해야 하고
늘 큰소리나 치고 하는 것 같지만
넘어지지 않기 위해 엄지발가락에 힘을 넣어
몸의 중심을 잡으려고 집중한다

너희들에게는 산 같은 아비로 보일지 몰라도
초라하게 늙어 가고 있을 뿐이다
하늘을 보고 원망하고 땅을 보고 탄식해도
아무도 도와줄 사람은 없는데
이 길을 가지 않으면 더 막막하여
길을 간다 뭐라도 해야 하기에
돌부리에 채여 피멍이 들면 돌부리를 파내고
가시덤불에 걸려 상처를 입으면 가시덤불을 걷어내고
깜깜한 밤에 망연자실 그냥 서 있는 것보다
낫지 않겠느냐

사람의 길

― 을묘천서

해가 바뀌고
길을 찾아 길을 나섰지만
길은 어디에도 없었습니다.

살아 온 길이 그렇고
지금 우리가 걸어가는 길이 그렇습니다.
여기서 멈출 수 없습니다.
걷고 또 걷고 하염없이 걷다 보니
길은 이미 내 안에 와 있고
나는 먼 길을 돌아 찾고 헤맸습니다.

사람의 길,
길을 걸을 때도 몰랐고
또 다 걷고 나서도 몰랐습니다.
그 길이 하늘의 길이라는 것을

길을 잃고 헤매도 그냥 걸었고
방향을 잃었을 때도

해가 뜨는 쪽을 동쪽이라 믿으며
동쪽 하늘만 바라보고 산을 기어오르고
때로는 강을 건너기 위해 멀리 돌아가기도 했지만
하늘은 높은 곳에만 있는 것이 아니었습니다.

닿을 수 없는 요원한 곳에 있는 것이 아니라
누구나 바라볼 수 있는 위치에 있는 것을
사람들은 하늘이라 불렀고
하늘의 소리는 사람을 통해 들렸습니다.

하늘의 뜻도 하늘의 소리도
하늘에서 내려오는 소리가 아니라
내 안에서 그 울림이 터져 나오는 소리라는 것을
알았습니다.

하늘의 소리는 가장 낮은 곳
땅을 흔들고 강물이 소용돌이치듯
낮은 곳에서 들렸습니다.

사람의 맺힌 염원이 하늘의 소리로 깨닫는 순간입니다.

사람을 섬긴다는 것은

하늘을 섬기듯이 사람을 섬기는 것이지요
찻물을 올려놓고
촛불을 밝히고
향불을 사르는 것은
내 하루를 시작하는 것을
하늘에 고하는 것이지요
내 몸 역시 우주의 일부이니
소중하게 귀하게
몸의 소리를 듣는 것이지요
먹지 말아야 할 것
듣지 말아야 할 것
생각하지 말아야 할 것을 기억하고
몸의 소리를 듣는 것이지요
차(茶) 한 잔에는
오랜 세월의 시간의 흐름이 있는 것이고
기다림이 있는 것이니
계절이 지나는 길목에서
하늘 한 번 보는 것이겠지요

하늘을 섬기는 것이

사람을 섬기는 것이니

사람이 곧 하늘이겠지요

천지만물과 사람이 조화를 이뤄야 하는 것은

생명, 생태의 조화를 말하는 것이겠지요

목수가 나무를 대하는 것은

나무가 목수의 작업 대상물이 아니라

숲과 나무와 인간이 조화를 이루는 것이겠지요

나에게 주어진 이 하루에 대해

감사하며, 하늘을 섬기고, 사람을 섬기고,

그곳에서 조화를 이뤄가는 생태의 숲을 생각합니다

새벽을 걷는 것은

어디를 가기 위해 발걸음을 놓는 것이 아니라

걷는 것 자체가 목적입니다.

행자(行者), 걷는 사람

수행자(修行者), 걸으면서 수행하는 사람

시천주조화정(侍天主造化定) 영세불망만사지(永世不忘

萬事知)

걸으면서 생명, 생태의 길을 생각하는 하루로 삼겠습니다

비장하지 않게 슬프지 않게

노래라 하랴
울음소리라 하랴
물길을 거슬러 오르며
하늘 끝에라도 닿을 듯
헤엄쳐 오는
물고기 떼의 숙명

산란을 앞두고 짝을 찾는
종족 보존의 열망
떼를 지어 헤엄치며 내는 소리
그러나
비장하지 않고 슬프지 않게
소리치자

노래면 어떻고
울음소리 통곡인들 어떠랴
바다가 소리치게 하고
바람이 소리치게 하고

바위에 부딪히는 물보라 파도면 어떠랴

결의 찬 비장함이 아니라
장엄하고 슬픈 곡조가 아니라
산란기를 맞아 떼를 지어 오르는
물고기의 숙명에
어떤 수식어를 붙이지 말고
존재 자체로 사랑하자

존재 자체로 사랑하고 노래하자
비장하지 않게 슬프지 않게
살아 있는 날까지
있는 그대로

그곳에 내 사랑도 있으리라

사람이 보입니다

내려놓고
비워 내고
낮아질 때
비로소 보입니다

높은 연단에서 목청을 높여 연설했고
앞장서 가면서 뒤처진 사람을 다그쳤고
생각이 조금 다르거나 방법을 달리하면 편을 갈랐고
가르치려고만 했는지도 모릅니다

사람을 본 것이 아니라
전략과 전술
눈앞의 목표에만 급급했는지도 모릅니다

다 내려놓고
나를 비워 내고
조금은 답답하고
내가 생각해도

좀 미련한 짓인 것 같은데
그곳에는 사람이 있습니다

아픈 사람도 있고
슬픈 사람도 있고
사람을 그리워하는 사람도 있습니다

사람이 보이기 시작합니다
가진 사람이나
못 가진 사람이나
배운 사람이나 못 배운 사람이나
하루 한 끼 밥은 먹어야 합니다

붉은 사랑

나를 버리지 마라.
나를 잊지 마라.
나는, 나에게 수없이 되뇐다.

나를 죽이지 마라.
살고 싶은 세상은 아니지만, 그래도
나를 죽이지 마라.
죽음이 두렵지는 않지만, 그래도
생의 끈을 스스로 놓지는 말자,
나를 일으켜 세운다.

세상에서 버림받았지만
나에게서 마저 버림받을 수 없지 않은가?
진이 빠져버린 늙은 몸이나
성치 않은 몸으로 일당 벌이 나서는 새벽
번번이 거절하는 용역회사는
나를 폐기한 노동력으로 취급하지만
그래도 할 일이야 남아 있지 않겠는가?

나와 함께 늙어 가는,
낡은 집
그 집에 기대어 살아가는 사람도 있으니
문풍지가 밤새 울고
얼어 터진 수돗가에 고드름이 울어도
가난이, 절망이
하늘이 내린 천벌은 아닐진데

나를 버리지는 말자.
사랑이여
잊히지는 말자.
살아온 세월의 풍파여
나 오늘 여기 있으니,
내 가난한 몸에도 사람의 체온 흐르니
그 피는 붉지 않겠느냐.

붉은 사랑아
나를 버리지 마라.

고성산 진혼제

그냥 지나칠 수 없었습니다
고성산성을 휘돌아 흐르는 덕천강
다리를 건너 고성산성에 다다랐을 때쯤
걸음을 멈췄습니다

그냥 지나쳐 갈 수가 없었습니다
진주에서 하룻밤을 더 머물더라도
갑오년 서러운 넋들을 위로하고 가야 한다고
누가 먼저랄 것도 없이 마음을 모았습니다

아무런 준비도 없이 나섰던 순례길
뜨거운 마음만 있었고
무언가 해야 하지 않는가 하는 생각만 가지고
길을 나서 십여 일을 훌쩍 넘어 진주에 도착했고

진주 남강을 지나 덕천강을 지날 때쯤
1894년 갑오년 서러운 넋들을 두고
그냥 지나칠 수 없었습니다

갑오년 동학군들이 관군의 저항 없이
무혈 입성하였던 진주성을 내주고
신식 무기로 무장한 일본군에 의해
쫓기고 물러서면서도
고성산성을 등에 기대고 전열을 정비한
5천의 동학 농민군

쫓기면서도 흩어질 수 없었고
신식 무기 앞에 죽어가면서도 물러설 곳 없었던
노비로 천민으로 살아오면서
그것이 운명인 줄 알고 수백 년 수천 년을 살아오면서
갑오년 죽창을 들면서 노비의 문서를 불태웠고
천민의 서러운 마음을 불태워버렸고
인간이 하늘인, 하늘을 섬기듯이 사람을 섬기는
새로운 세상을 푸른 하늘을 보았는데
돌아갈 고향도 없었지만

돌아간들 그곳은 동학 비적이라
오라에 묶고, 목을 매달 것이 뻔한 것을
시천주의 세상이 아니고
조선의 그 어느 땅, 어느 들, 어느 산도
사람이 살 만한 곳이겠습니까

짧은 시간이지만 너무 많은 것을 보았고
인간으로 새롭게 태어난 새 세상을 보았는데
다섯 배 넘는 사정거리, 일본군의 신식 무기에
비교할 수 없는 살인 무기 앞에
심지에 불을 붙여 한참 기다려야 총알이 나가는
사냥꾼의 화승총으로 죽창으로
그들의 대포와 그들의 기관총 앞에
싸움 자체가 되지 않았습니다

죽음도, 막을 수 없는 푸른 하늘을 보았고
덕천강을 앞에 두고 고성산을 등에 업고
진지를 구축하고 결사 항전의 죽창을 깎습니다

그냥 지나칠 수가 없었습니다

고성산성 옛 성터에서

생의 마지막을 준비하는 동학군의 비장한

노래 소리가 들리는 듯했습니다

시호(時乎) 시호 이내 시호 부재래지(不在來之) 시호로다

용천검(龍泉劍) 드는 칼을 아니 쓰고 무엇하리

바람의 소리 같았고 대숲에서 나는 소리 같았고

흐르는 물소리 같았던 동학군의 마지막

비장했던 노래 소리가 들리는 듯했습니다

일본군의 총칼에 죽어가면서도 물러서지 않았던

마지막 전투 고성산성 전투

커다란 바가지에 농주를 가득 담았습니다

어이, 어이 하늘과 같이 높은 뫼

어이, 어이 바다같이 넓은 마음

어이, 어이 어찌 두고 그냥 갈 수 있으리오

신내림의 순간처럼 장구를 치고
구름 위에 발을 디디듯이
사뿐히 즈려 숫구쳐 오르는 몸짓이
죽은 영혼을 불러내고
갑오년 서러운 넋들을 불러 모셔
진혼굿, 진혼무로 그날의 함성을 듣습니다

죽음이 패배가 아니었고
마지막이 마지막일 수 없었듯이
역사의 푸른 강물이 그예 지금까지 흐르듯이
잊혀진 역사 갑오년의 아픈 기억이
지금 우리에게 무엇인가

걸음을 멈추고 진혼제를 올립니다
순례자가 걷는 길이
마냥 좋을 수만 없어서
겨울 길을 나섰고
가는 곳마다 피눈물의 서러운 넋들을 만납니다

고성산 동학농민혁명군의 원혼비 앞에
발길을 멈춥니다.

길 위에서 길을 찾습니다

길을 묻습니다
길을 떠나기 전에 길을 묻는 것이 아니라
길 위에서 길을 묻습니다

길은 혼자도 가지만 여럿이도 갑니다
함께 걷던 길이 여러 길로 나뉘고
여러 곳에서 길을 걸었으나
한 길로 만납니다

김석균 형님은 전라도 땅에서 김개남의 길을 찾아
떠났습니다
김개남 피체지에서 역사를 거슬러 시간을 거슬러
길에서 잠을 자며 사흘을 걸었습니다

최광식 형님은 해월 선생의 길을 걸었습니다
피체지에서 순교 터까지 그 고난의 길을 걷습니다

동학 순례길을 함께 걸었던 저는

가난한 이웃들과 함께 한티 가는 길, 순교자의 길을
걸었습니다

고난의 길은 잊힌 과거가 아니라
현재진행형으로, 여전히 우리 앞에 가로막힌 산이고
건널 수 없는 큰 강처럼 좌절하고 절망합니다
어떤 사람은 길이 없다 하고
또 어떤 사람은 무모하다 합니다
도저히 앞이 보이지 않을 때 길을 나섭니다
먼저 지도와 나침판을 챙기는 것이 아니라,
길은 길 위에서 찾아야 보입니다

목비 하나 세워둡니다

1894년 갑오년
광양시 진상면 섬거역 터
옛 역참이 있었던 곳
마을이 불태워지고 온 마을 사람이 학살된 곳
옛 지도에서 사라진
어디에서도 흔적을 찾을 수 없어
시간을 거슬러 역사의 한 길을 따라 걷습니다
동학 농민이 집단 학살되고 마을이 불태워졌던
섬거역을 지나 섬진 나루에서 바라보는데
강물은 천년을 두고 말없이 흐르고

갑오년 강을 건너던 농민군이
민 씨 이 씨가 끌어들인 일본군 총에
3천 명이 총에 맞아 죽고,
칼에 목 잘려 죽고
강을 건너다 물에 빠져 죽고
산 채로 묻혀 죽었던
이곳에

목비 하나 세워둡니다

동학농민군 돌아가신 곳

시천주조화정 영세불망만사지
양반도 노비도, 남자나 여자나
어른이나 아이나 모두가 하늘인 세상
새로운 세상을 온몸으로 열고
척양척왜 보국안민 깃발을 높이 들어
일본을 몰아내고 높낮이 없는
평등한 세상을 염원하며
주문을 외우고 가슴에 희망의 부적을 붙여
강을 건너던 동학농민군 돌아가신 곳

1894년 그날이나
2023년 오늘이나
부패한 민 씨 일족과 황제의 허울로
남의 나라 군인을 불러들여 자기 백성을 학살한

그날의 조선이여 이 씨의 민 씨의 나라여
일제 강제징용 피해자에게 사과도 배상도 없는데
일본까지 찾아가서
소주에 맥주 폭탄주로 시원하게 건배하며
징용 끌려간 한국인들에게
배상도, 사과도 필요 없다는
검사의 나라여, 친일 매국의 나라여

끌려가 죽어간 사람들이

매질과 학대와 악행이
그날이나 오늘이나 어찌 그리 같은지
동학 비적이라고 마녀 사냥으로 죽이고
노동귀족이라 몰아세워 구속하고
청나라 일본 끌어들인 이 씨나
미국, 일본 끌어들인 윤 씨나
그때나 지금이나 어찌 그리 같은지요

기억하지 못하는 아픈 역사는 되풀이되고
지도에서 지워지고
역사에서 지워진 이름을 불러내어
여기에 목비 하나 세워둡니다

세상 사는 일이 억울하고 답답하여
동학 순례길 나섰던 길동무들 불러
술 한 잔 올리고
소리쳐 불러봅니다
갑오년 농민의 혼으로 봅니다

오늘,
섬진강 나루에서 죽어간
3천 농민군을 기억하며
목비 하나 세워둡니다

초겨울 새벽을 걷습니다

초겨울 새벽을 걷습니다
간간이 보슬비가 내립니다
우의를 입을까 잠시 망설였으나
비를 맞고 걷고 싶었습니다
그냥 젖어들고 싶었습니다

어둠 속에서 마주 걸어오는 그림자가 있습니다
지나온 길에서 마주쳤던 나를 닮았습니다
지난 시간 위에서 마주쳤던 내 모습을 닮았습니다
그렇습니다 닮은 것이 아니라 분명히
내 모습입니다

내가 걸어 온 시간
내가 걸어 온 세월은
지금 이 순간 스쳐 지나가는 것을
인연이라고 한다면 수많은 점이 선이 되었고
선을 이어 길을 만들었습니다

길은 언제나 있었지만
내가 걷기 전에는 길이 아니었고
길은 어디에도 없었지만
한 걸음 한 걸음 걸어가면서 길이 되었습니다

초겨울 새벽길을 걷습니다
하루를 여는 기도의 시간입니다

겨울의 끝

광양의 들을 지나고 있다
어린 하느님 두 분이 오셨고 함께 길을 걷는다
이제 순례길도 일주일 남았다
나를 찾아 떠나는 순례길이었다

어디를 가고 있을까
남은 생애는 몇 년일까
시한부 인생처럼 물어본다
순례길이야 정해져 있다
거리도 날짜도 정해 놓고 걷는 것이지만
인생길은 정함이 없다
어디쯤 온 것인지
얼마나 더 가야 하는지
매듭은 있을지라도 시작과 끝은 없다
오늘을 걷는다

길을 걷다가 만났다
소한(小寒), 대한(大寒)

겨울의 끝에서
매화의 봄눈
꽃봉오리를 만난다

햇살이 좋은 날 성급하게 꽃 피었다가 얼어붙기도
하고
피어보지도 못한 채 망울째 떨어지기도 한다
그래도
겨울을 가장 아프게 보내는 놈일수록
가장 먼저 꽃 피더라

2
부

겨울 숲에는 그리움이 있다

숲과 나무 생명에 대한 그리움이 있다.

마을 목수로 살아오면서, 가난한 이웃들이 집을 수리하면서, 나무 한 토막으로 아이들을 만나 목공 체험 교육을 하면서 새로운 일자리를 만들어 가면서 보고 느끼고 생각한 것들…….

겨울 숲에는 그리움이 있다

다 내려놓았다
달빛이 나뭇가지 사이 그림자로 흔들린다

울창했던 숲은 앙상한 가지로 남았고
가지 위에 빈 둥지로 남은 철새의 흔적은
떠난 것에 대한 원망이 아니라
다시 찾아올 것의 기다림
하여 겨울 숲에는 그리움이 있다

숲을 떠나,
봄을 찾아 하늘을 나는 새들도
그리움을 찾아 길을 걷던 이들도
앙상한 가지의 끝에 매달린 겨울눈은
봄을 품고 있다

숲은 생명을 품고 있고
나무의 겨울눈은 봄꽃을 품고 있다

겨울 숲에는 그리움이 있다
그 숲에 가고 싶다

꽃처럼 어여쁜

나가서 혼자 사는 딸이
이불 빨래 널어놓은 2층 옥탑방
사진 찍어 카톡에 "예뻐"라고 문자를 보내왔다

알바 때문에
늘 시간에 쫓겨 사느라
밥해 먹고 빨래하는 것이
큰 짐이 되는 딸

장마철 모처럼 햇살 고운 날
널어놓은 빨래가 뽀송하게 마르는 것처럼
너희들의 찌든 하루도 뽀송하게 말랐으면 좋겠다

농성장의 눅눅한 침낭도
하늘에 매달린 철탑 위에도
오늘만큼은 볕 좋은
푸른 하늘에 마음부터 뽀송하게
말랐으면 좋겠다

공부한다고 떠나버린 너희들

빈방은

너희들이 놓고 간 사진 한 장

너희들이 읽던 책 한 권도

예사롭지 않다

싸울 때는 싸우더라도

가끔 오늘 같은 날

우울한 청춘도 뽀송하게 말랐으면 좋겠다

겨울 그 아픈 사랑

눈 속에서도 꽃 피우는
복수초의 노란 꽃잎
꽃잎이 눈 속에 묻혀 있을 때

처절한 순간
그 순간
아! 하고 탄성이 나온다

꽃잎의 아름다움이 아니라
생명에 대한 경외
울림이었다

생명,
모든 생명에 대한 울림이다

겨울 속에서 봄을 부르는
봄을 품고 있는 겨울의 넉넉함,
계절의 단절과 새로운 시작을 알리는 꽃이 아니었다

끝내 겨울을 이겨낸 투쟁이 아니라
겨울은 이미 봄을 품고 있었다

단절과 결별의 시간이 아니라
이어짐과 흐름의 시간이었다

투쟁과 대립의 시간이 아니라
봄을 품고 있는

겨울의 아픈 사랑이다
눈 속에 묻혀 있어도
그 푸른 빛을 잃지 않는
봄동인들 아름답지 않으랴

이미 봄을 품고 있었던 겨울처럼
봄은 아직 저렇게 먼데
어쩌자고 꽃은 피는가

나무 할아버지

꿈이 무엇이냐고 묻지 않기로 했다
무엇을 할 것이냐고도 묻지 않기로 했다

햇살이 눈부신 가을날
그냥 아이 옆에서 나무토막 몇 개 되기로 했다

아이를 위해
무엇을 만들어 주지 않는다
형상을 만들어 준다고 생각하는 순간
아이의 상상력은 잘려 나가고
아무것도 하기 싫어지기 때문이다

제페토 할아버지는
이제 피노키오 나무 인형을 만들지 않는다
나무토막 몇 개로 궁궐을 짓고
나무토막은 고래 배 속에서 울고 있는
피노키오가 되기도 하고
나무토막은 아이가 상상하는

모든 것이 되기 때문에
그냥 아이 곁에 있기로 했다

아이들이 돌아간 뒤에
나무토막 몇 개로 남은 할아버지는 쓸쓸하지 않았다
오랜 세월 기다려 왔던 것처럼
다시
아이들이 올 것을 알고 있기 때문이다

나무의 숨결

나무의 숨결은
나무의 시간이다

나무의 숨결을 느낀다는 것은
나무의 상처를 아파한다는 것이다
상처 없는 나무는 없다
나무가 살아낸 시간, 태풍과 폭설
눈의 무게에 꺾이고 찢겨진 가지
단 하루도 고통 없이 지낸 밤이 없었으니
검은 옹이로 남아
엇결과 순결이 회오리치듯이
자라는 나무의 나이테 방향을 틀어놓기도 한다

목수가 나무를 다듬고 어루만지면
나무의 세월,
많이 힘들었겠구나
나무의 시간을 함께 아파하면서
대팻날에 뜯기는 엇결과 순결의 나이테는

황홀한 아름다움으로 나무의 속살을 보여준다

목수는 나무의 숨결을, 나무의 세월을 느끼며
나무의 시간, 나무의 상처를 어루만지고
쓰다듬으면서 나무의 상처가 주는 역동적인 무늬
나무의 상처를 숨기고 감추는 것이 아니라,
나무가 살아낸 시간을 따라, 느끼고 이해하고 표현
한다

나무의 무늬
나무의 결은
나무의 시간이다
나무에게 상처는 시간의 흔적이다

나무의 시간

혹한의 밤은 잠들지 못하고
나무는 깊은 울음을 운다

살이 얼어 터져 파열을 낼 때
나무는 울음을 삼킨다

나무의 무게를 견디지 못한
나무의 신음이 잔물결로 남는다
혹 거대한 폭풍이나 파도처럼
각혈할 때도 있다

태고의 시간,
원시의 숲에서 일어났던
원인을 알 수 없는 산불이나
빙하기의 깊고 깊은 어두움과 두려움
짐승이 할퀴고 간 상처의 깊이까지
인간에게 지문이 남듯이 나무는
그 시간을 기억하고 있다

원시림의 깊은 바람을

나무의 시간은 기억하고 있다

바람 나무 풀잎

숲에서 이는 바람입니다
나뭇잎을 흔들고 지나간 것은 바람이었습니다
스스로 온몸 흔들며 바람을 일으키지는 않으나
눈에 보이지 않은 바람을 보여줍니다

우리가 보는 것은 바람이 아니라
나뭇잎이었는데
느끼는 것은 바람입니다

풀잎도 그렇습니다
스스로 할 수는 없으나
바람을 담고 비를 머금습니다

고백하지 않은 사랑은 미움이 되고
함께하지 않은 행동은, 동행이라 하지 않고
내가 아니면 모두가 타인이 되고
내 생각과 같지 않으면 모두가 틀린 것이 되는데

바람과 나무와 풀잎은

너와 나의 다름과 틀림이 아니라

모두가 하나로 표현되는 숲입니다

숲은 전체이면서 부분이고 부분이면서 전체입니다

겨울나무로 우는 바람의 소리

잎이 다 떨어지기 전
몸속 남아 있는 수분마저 빼낸다

물기가 남아 있는
겨울나무는 속살이 얼어 터져
찢어지고 꺾이고
부러지기 때문이다

마른 가지 끝에
매달린 봄눈,
꽃눈을 물고 있다
겨울나무로 견디는 시간이다

봄꽃의 꽃눈을 품고 있는
겨울나무처럼
제 살을 찢으며 우는 사람이 있다

마른 가지 사이를 지나는

겨울바람으로 우는 울음이
봄을 부르는 소리다

절망이 깊을수록
봄을 향하는 간절함도 깊어진다
겨울나무로 우는 바람의 소리로
우는 사람이 있다
간절히 봄을 기다리는 사람

겨울나무로 우는 바람 소리
봄을 간절히 부르는 소리다

결

나무에서 결은 나무의 나이테를 말합니다
"나는 너와 결이 달라."
생각하는 지점이 다르다는 것을
애써 표현할 때 결이 다르다 합니다

그런데
말입니다
서로 다른 결이 만나
소용돌이치듯이 휘몰아치듯이
꺾이고 만나고 휘어지듯 에둘러 다시 만나는
마치 산수화를 닮았고
마치 인간의 희로애락을 닮았고
마치 애간장을 녹이는 간절함을 담아낸
서로 결이 다른 나무는 아름답습니다

엇결과 순결이 만나
서로 다른 감성이 만나
서로 다른 생각이 만나

오랜 세월을 한 그루의 나무에 담았습니다

그리하여
너와 나는 결이 달라서
함께 못하는 것이 아니라
너와 나는 결이 달라서 함께해야 합니다

겨울 사랑

단풍이 지기를
은행잎이 한꺼번에 와락 쏟아지듯이
그렇게 겨울비에 쓸려 내려가듯이

기다렸는지도 모른다

그렇게 앙상하게 가지만 드러낸
은행나무 높은 가지 위에
까치 한 쌍이 날아와 둥지를 튼다

뜨거워지기를 기다리는 사랑

헐벗은 가지 위에서
부끄러움을 벗어 놓고
겨울 찬바람을 맞고서야 뜨거워지는

은행잎이 지기를 기다렸는지도 모른다

뼛속까지 시린 겨울 찬바람
은행나무 높은 가지 끝에서 뜨거워지는
겨울 사랑을 기다렸는지도 모른다

생명을 품고 봄을 기다리는
겨울,
가슴 시린 뜨거운 사랑

상처에도 꽃은 피었네

간밤에는
봄눈이
그렇게 내리더니

거칠게 불어대던
눈보라도
한 줌 햇살에
그 여린 꽃잎 하나
떨구지 못했네

햇살이 따사로워
꺾인 가지 끝에도
꽃이 되어 찾아오네

아팠던 세월도
서럽던 기억도
아파도 아프다 하지 못했던
상처에도 꽃이 피었네

초식 악어

옛날 옛날 아주 먼 옛날에
무서운 악어 말고 착한 악어도 살았대
두 발로 걷고 풀을 뜯어먹는 착한 악어는
공룡이 멸종하던 백악기에 살았대

옛날, 옛날 아주 먼 옛날에
아기 공룡이 평화롭게 살았던 백악기에는
무서운 악어 말고 착한 악어도 살았대
가끔은 물 밖에 나와 햇볕을 쬐곤 했는데

우포늪 작은 연못에도 그런 착한 악어가 살면 좋겠어
아기 공룡이 평화롭게 풀을 뜯고
나무 위에 새들이 노래하고
작은 연못에서 착한 악어가 나와서 춤을 추는

우포늪 작은 연못에는 무섭지 않은 악어가 살았으면
좋겠어

몸이 머무는 곳

가을바람이 불어
낙엽을 흔들어도
바람이 머무는 곳에는 낙엽이 쌓인다

몸이 어디에 머무는가에 따라
바라보는 곳도 달라진다

바라보는 곳이 어디냐에 따라
생각하는 것도
달라진다

몸은 본능적으로 안다
누구와 함께 있을 때
마음이 가장 편안한지

바람을 따라 걷다 보면
바람이 머무는 곳을 보게 된다
내가 살아가야 할 곳이 어딘지

내가 걸어가야 할 길이 어딘지
내가 머물러야 할 곳이 어딘지
바람을 따라 걷다 보면 안다

햇살 좋고
바람도 피해 가는
참 따스한 곳, 사람이 사는 곳이 그립다

밥

밥은 하늘입니다.
섭생을 밥 모심이라 하여
우주의 기운을 몸으로 받아들이는
의식이며 일상입니다

밥은 하늘입니다
그 밥을, 누구와 먹느냐에 따라
밥은 정을 나누는 일상의 소소한 행복이 되기도 하고
거래와 접대가 되기도 합니다

밥은 하늘입니다
밥을 어떻게 먹느냐에 따라
생명의 순환 속의 일부로
자연의 순리를 따르기도 하지만

또한 밥은 야만의 약탈로
땅을 약탈하고 인간의 수고를 약탈하고
생명의 순환 고리를 파괴하고

다른 생명을 약탈하기도 합니다.

밥은
섬김이고
밥은 나눔입니다

밥은
숲과 바람과 하늘을 따라 걷는
자연의 일부로
나를 놓아두는 것입니다

나무와 풀잎은 가르치지 않는다

숲속에 있을 때는
몰랐다
숲이 얼마나 폐쇄적인지

둥지였고
아늑함이었고
새에게 숲은 삶의 전부였는지도
모른다 그 숲에 깃들어 있는 동안
숲이 메말라 갈 때까지 몰랐다

나무 하나하나가
풀잎 하나하나가
숲을 이루고 있다는 것을 몰랐다
흔히,
숲은 보지 못하고 나무만 본다고 나무라지만

눈보라와 태풍을 견뎌내며 숲을 이뤄가는
하잘것없는 나뭇잎 풀잎 하나가

어떻게 숲을 이뤄가는지
나무와 풀잎은 가르치지 않는다

만수국아재비

만수국아재비를 만났습니다
너무 작아 그냥 지나칠 뻔했습니다
몸집이 작고 화려하지도 않아
눈에 잘 띄지도 않습니다

만남과 헤어짐이 일상적인 현실 속에
딱히 인연이라 하기도 쑥스러워
그냥 우연처럼
만수국아재비가 내게로 왔습니다

마음이 아파서
마음이 힘들어서
걷는
걷고 있는 사람
만수국아재비가 우리 곁에 와서 걷고 있습니다

몸집이 작아
향기로 벌과 나비를 부르는

그래서
생명을 이어 가는
만수국아재비를 만났습니다

실은
만난 것이 아니라
늘 우리 곁에 있었습니다

잡초꽃

누가 가꾸는 것인가
누가 물을 주는 것인가
누구의 발걸음 소리를 들으며
크는가

어떤 꽃을 피우는가
칠곡군 지천면 어느 마을에
할머니 한 분이 그렇게 정성 들여 키운다

지나는 사람들이
할머니 그거 잡초예요,라고 말해도
처음부터 잡초가 어디 있어
이렇게 예쁘게 꽃피는데

칠곡군 지천면 연호2리 신동재
그곳에 마지막 남은 1세대 할머니가
그렇게 정성 들여 물을 주고 꽃을 피웠다
지나는 사람들은 잡초라 해도

누가 잡초라고 손가락질 해
다 생명 있는 것인데……
꽃이 피는데 생명인데

3부

집

인간의 몸이 인간의 영혼을 담는 그릇이라면, 인간의 집은 인간의 삶을 담는 그릇입니다. 2014년부터 마을 목수로 가난한 이웃들의 집을 수리하고 홀로 살아가는 노인들의 집을 수리하면서 알게 된 내 이웃들과 내 어머니들의 이야기입니다.

반디 장터

만나고 헤어짐에 대해 슬퍼하지 않았다
봄날의 꽃보다, 꽃이 지고 난 후
아름다웠던 초록의 햇살과
아이들의 웃음소리와
노래가 있었고
그곳에는 사람이 있었고
그곳 장터에는
사람들의 사는 이야기가 있었으니
사고파는 것이 물건이 아니라
마음을 나누는 것이었기에
초록의 햇살만큼이나
정겨웠어라

우포 주매마을
창수와 개똥이가 노래를 부르고
마음을 나누는 것이
사고파는 물건이 아니라
이야기였기에

동글이 이모와 목수의 아내가
수다스럽게 사는 이야기를 풀어놓고
하루해가 저물고
주매마을 반디 장터에는
가을로 걸어간 인연들이 만난다

골목길 막다른 집

담장 높이보다
훨씬 높아
내려다보는 듯
수천 수만 개의 목련이
봄을 밝히는 등처럼 아름답다.

굳게 닫힌 대문은 몇 년째 열릴 줄 모르고
밤마다 짝을 찾는 고양이와
영역 다툼을 하는 짐승들의 싸움 소리에
그 앞을 지나야 하는
사람들은 골목길을 돌아 피해 간다.

쇠락과 쇠퇴를 거듭하는
골목길에 아이들의 웃음소리가 끊긴 지 오래되었
어도
봄이면 목련꽃은 저리도 화사하다.

발길이 끊긴

골목에는

봄꽃도

향기마저 잃었는가?

달팽이 집

꼭 달팽이 집 같습니다
좁은 골목길 미로처럼 꼬불꼬불한 골목길에 60년
대 지어진 집이 아직 있어요
골목길만 벗어나면 40층짜리 고층아파트가 지어지
고 있는데
시간이 멈춘 것 같은 좁은 골목길은 꼭 달팽이 집 같
아요
달팽이 집에 달팽이는 살지 않습니다

허리가 꼬부라진 꼬부랑 할머니가 살아요
혼자서 잘 걷지도 못하는데
문지방이 높아서 방으로 들어가는데
네발로 기어서 들어가요
요양보호사가 오면 딸을 대하듯 반가워해요

생존을 위해서는 굶지 않는 것도 중요하지만
배설하는 것도 중요해요,
화장실 가기가 힘들어 물도 마시지 않습니다

참았다가 요양보호사가 오면 해결합니다

달팽이 집에는 달팽이가 살지 않아요
수도꼭지가 고장나도
문고리가 걸려 문이 닫히지 않아도
아픈 몸으로 힘들게 그냥 살아요
누가 보살펴주지 않으면 아무것도 할 수 없어요

등껍질이 집이었으면 좋겠습니다
그냥 쏙 들어갔다 나오는 달팽이 집이면 좋겠습니다

그리하여 고독은

삼각김밥 비닐을 벗겨내지 못할 때
나는 더없이 외롭고 쓸쓸하다

혼자 먹는 입을 위해
번잡스럽게 음식을 한다는 것이
스스로에게 미안해서
냉동식품으로 한 끼를 때우는 것이
일상적인 일이 되었다

편의점에서 냉동식품 하나를 사서
인파 속으로 숨는 오늘
하루를 사는 것이 고독하다

고독은 감기처럼 누구에게나 오는 것이라
불현듯 찾아와 신열로 끙끙 앓게 한다
돌아와 소주잔에 별을 띄운다
맑은 소주에는 꽃잎이 떨어진다
도수 높은 눈물이 떨어진다

그리하여 고독은
무너지는 것이 아니라
간절히 누군가를 부르는 소리다
그리움이다

외딴집

이미 오랜 시간을 혼자서 살아온 듯했다
온기 잃어버린 냉골 방에서
오랜 시간 살아오신 듯했다
냉기를 막겠다고 덕지덕지 붙여놓은
비닐도 떨어져 나가고
사람이 살지 않는 집 같았다
가창면 우록 외딴집

강아지 두 마리
고양이 다섯 마리
할머니는 기초생활수급비를 받아
강아지와 고양이 사료를 사는 것이
가장 먼저다
산 짐승을
말 못 하는 짐승을 어떻게 굶기느냐며

오가는 사람도 없고
가끔 새들이 내려와 강아지 사료통에서

사료를 쪼아 먹지만 강아지도 딴청을 부리고
혼자 사는 할머니도 새들을 쫓지 않는다

외딴집에 혼자 사는 할머니는
혼자가 아니다
새와 강아지와 고양이가 주인으로 살고
할머니는 더부살이처럼 산다

오래된 집

사람도 늙어 가고,
사람이 살았던 집도 늙어 가는데
세월을 살아낸 흔적들이
여기저기 긁히고 찍혀 상처로 남아 있다

낡고 오래된 집에서도
사람이 살았고
눈물과 한숨과 고함 소리도
다 담아냈던 오래된 집
해질녘 어둑어둑해지면
집으로 돌아가는 발걸음이 바빴다

오래된 집에 사람이 살지 않는다
골목길에는 풀이 무성하고
골목길에는 아이들의 울음소리가 사라지고
마을이 사라지고 사람이 사라져 간다

오래된 집에는 사람이 없다

유리방

울음이 갇혀 있다
꼭 누군가 죽어야만 돌아보는

유리로 된 방이 있다

울음이 갇혀 있다
누가 죽어도 알 수 없는 오래된 침묵

반지하 월세방
성치 않은 몸으로도 스스로 일어선다
벽에 못 하나 박는 것이
화장실까지 가는 일이 힘겨운 몸으로
하루를 산다
숨을 쉰다는 것이 행복이라 생각한다

통계에도 잡히지 않는 투명 인간이
유리방에 산다
거룩한 하루를 산다

지원이의 방

안으로 방문을 걸어 잠그고
며칠을 나오지 않는다
방문을 걸어 잠그고
마음을 닫아버린 지 오래되었다

아빠가 엄마를 때리고
엄마가 집을 나가고
아빠가 엄마를 찾아 나서고
혼자 남겨진 지원이는 마음을 닫았다

집에 있는 것이 공포였다
집에 있는 것이 두려웠다
은둔형 외톨이라고 했다
죽음 따위는 두렵지 않다고 했다

가끔은 지원이도 방문을 열고 나오고 싶었다
햇살 좋은 날, 따뜻한 담벼락에
민들레 노랗게 꽃잎을 열고
나비처럼 훨훨 날아 민들레 꽃잎 위를

날고 싶었다

맑은 하늘을 보았는가?
날 때부터 저주스러운 낙인을 찍고 태어난
혈통 그 먹구름을 하늘로 알고 매질과
저주와 증오의 폭언을 일상의 언어로 알고 살아야
했던
하늘, 하늘, 하늘이여

방문을 걸어 잠그고
마음을 닫아버린 지원이의 방
방에 홀로 고독하게 말라가는 민들레꽃처럼
은둔형 외톨이로 시들어가는 지원이의 하늘은
태어나는 순간 차별의 낙인이 찍히고, 찍히고
또 다른 지원이에게는 푸른 하늘은

아! 누가 하늘을 푸르다 하였는가?
아! 누가 누구에게나 푸른 하늘이 열렸다 하였는가?

마을 목수

무엇을 입을까
무엇을 먹을까 사는 일이 늘 걱정입니다

먹는 것만큼 배설하는 것이 힘든 사람
나이 들어 허리 수술하고
앉았다가 일어서는 것이 고통스러워,
깨진 백열등, 깜깜한 재래식 화장실
배설하는 것이 고역입니다

좁은 화장실,
페인트칠을 다시 하고,
수세식으로 바꿀 수는 없어도 개량식 좌변기로 바
꾸고
화장실 문을 새로 고칩니다
일하는 등 뒤에서 홀로 사는 노인이
물끄러미 바라보더니
참 좋은 일 하십니다, 물론 들으라고
하는 소린데, 혼잣말처럼 작은 목소리로 말합니다

듣지 못한 것처럼 대꾸하지 않았습니다

돈 받고 하는 일인데 생색내는 것 같았거든요……
사실, 돈을 받고 하는 일이지만
이런 일, 하고 싶어 하는 사람이 없습니다

자신의 몸이, 불편한 신체가
마음같이 움직여주지 않아
자신의 몸이 짐스러운 사람이 있습니다

4
부

전태일

　대구에 있는 전태일 옛집을 노동자와 시민들이 매입하고 수리를 준비하고 있습니다. 전태일의 옛집은 눈에 보이는 집도 있지만 우리들의 기억 속에 있기도 합니다.

　54년 전에 전태일도 전태일이고 전태일의 삶을 대신 살아오신 이소선 어머님의 삶도 전태일이고 '전태일 평전'을 읽고 가슴에 담아 실천했던 수많은 전태일도 전태일이고, 지금 이 순간 불타버린 공장 옥상에서 10년째 쫓겨난 공장 앞에서 공장에 돌아가고자 외치는 전태일도 전태일입니다.

　범민련 해산 소식에 곡기를 끊으시고 연명 치료를 거부하셨던 한기명 어머님의 삶도 전태일입니다.

옛집 골목길

전체의 일부로 나를 만나는 길이고
그대들 삶의 일부로 나를 만나는 길이네

그곳에도 있고
지금 여기에도 있는
과거에도 있었고
오래된 미래 속에도 있는

그대를 만나러 가는 것은
그대의 삶 속에 녹아 있는
작고 소소한 일상에 녹아 있는
이야기를 찾으러 가는 것이지

아무도 보아주지 않았지만
또
누구나 공감하는
작은 골목길 담벼락 낙서 같은 것

옛집 골목길에는
오래된 기억이 머물고
어제와 오늘과 내일이 지나치는 곳
버려지고 외면하고 지나쳐버린 과거가 아니라
아직 오지 않은 오래된 우리의 미래를
옛집 골목길에서 만난다

소소하고 일상적인
슬프고 아픈,
고단한 발걸음 속에서 내일을 걷는
그대가 내가 되는 곳
내가 그대 삶 속에 머무는 곳

옛집 골목길에서
가난한 시인과 오지 않는 내일을 불안해하는
스물둘 노동자를 만난다
열여섯 푸른 꿈들을 만난다

통일맞이 봄꽃으로 피어나는
— 한기명 어머님 영전에 올립니다

1

곡기를 끊으시고 눈을 뜨지 않고
가끔
두 팔을 허공에 휘저으시는 어머님의 모습
곁에서 보고 있으면 악몽을 꾸고 계시는 것일까
흔들어 깨워 드릴까 하다가 그만둡니다
꿈보다 더 악몽 같은 현실이 지금의 현실이니
눈을 뜨면 더 힘들어하실 것 같아서요

힘에 의한 평화 남북 대결
남북관계를 극단적으로 끌고 가면서
평화 통일의 꿈은 점점 멀어지고
전쟁의 위기마저 감도는 현실이
악몽보다 더한 악몽이겠지요
일본은 파트너라고 말하고 진보의 가치 통일의 가
치를
이념 몰이 전쟁 위기로 몰고 가면서

민족독립운동가를 핍박하고
통일운동가의 삶을 짓밟고 조롱하고
하루가 멀다 하고
미치광이 날뛰듯이
공안 정국으로 몰아가는
아! 아! 깜깜한 절망의 땅

인민혁명당재건위, 남조선해방전략당 사건
간첩으로 조작하고, 조직 사건으로 날조하여
감옥으로 끌고 가고 무기징역 사형으로
무고한 생명을 앗아갔던 그 깜깜한 절망의 세월이
다시 온 듯한 악몽보다 더 악몽같은 현실 앞에
아! 어머니
독재의 세월이 깜깜한 겨울이 다시 온 것 같아서
흔들어 깨우지 않았습니다

남과 북은 서로를 적대국으로 선언하고
북측의 범민련은 해산되고

남측 범민련 해산 소식에
어머님의 한평생이었고
어머님의 생의 전부였던 통일의 꿈이
갈가리 찢겨지는 악몽 같은 현실이지요.

열 세 살부터 시작한 민족운동을 80년 세월을 한결같이
　이어 오시면서, 남조선해방전략당 사건으로 구속되어
　무기징역을 선고받고 감옥살이를 하는 남편의 옥바라지에
　다섯 자매 홀로 키워 오시면서 서문시장 난전에서
　행상으로 안 해본 것이 없고, 못 해본 것이 없을 정도로
　고생 고생 말로 다 표현할 수 없었지만
　몸 고생은 고생도 아니라고 하시고
　평생을 함께하기로 맹세하고 맺었던 동지를
　고문 후유증으로 먼저 보내고 상처가 아물기도 전에

노동운동하던 딸이 수배를 당하고

어머님의 어느 하루도 잔잔하고 평화로운 날이 없었습니다

분단된 땅에 살아가는 민중의 아픔을 끌어안으시고

민주화가족협의회 활동, 양심수 후원회 활동

범민련 통일운동, 효순이 미선이 살인 대책위 활동,

쇠고기 수입 반대 대책위, 4대강 반대, 사드 배치 반대,

박근혜 퇴진, 세월호 참사 시민대책위

굴곡진 역사의 굽이굽이마다 어머님의 발자취가 남았고

민족의 슬픔에는 어머님의 눈물이 고여 있었고

열여섯 아이들의 꿈이 침몰할 때 대성통곡을 하셨던 어머니

시월 항쟁 유가족의 손을 어루만지고 함께 우셨던 어머니

사드 배치 박근혜 퇴진 촛불을 밝히고

우리 겨레 함께 사는 길 열어 주셨던 어머니

비가 오면 비가 오는 대로, 눈이 오면 눈이 오는 대로

고령의 나이에 보행기에 몸을 의지하고
편찮으실 때는 휠체어를 타고서라도 오셔서
집회 대오의 맨 앞줄을 지켜 주셨던 어머니

두렵고 떨리는 일입니다
어머님이 살아오신 세월을 대하면 그저 눈물만 흐릅니다
곡기를 끊으시고 연명 치료를 거부하시는 어머니의 분노와 좌절이
우리들의 주저함이고 우리들의 불민함이라 생각이 들어
머리털이 곤두서고 심장이 벌렁이고 손발이 떨립니다

우리가 어머니를 어떻게 보낼 수 있겠습니까
어떻게 우리가 어머니를 어떻게 놓아 드릴 수 있겠습니까
고난의 민족사 곳곳에 어머님의 흔적이 남아 있는데
어떻게 어머님을 잊을 수 있겠습니까

어머님이 살아오신 세월이 곧 아픈 민족사였는데……

2

엄마,
엄마,
엄마의 셋째 딸 단아여요
아빠가 석방되었지만 고문 휴유증으로 고통스러워
하시다가
우리들의 곁을 떠나시고, 막막하고 암담했을 때
엄마 곁에서 엄마의 힘이 되어 주지 못하고
지금 생각해도 미안해요 엄마,
셋째 딸마저 노동운동한다고 집을 뛰쳐나가고
쫓기는 몸이 되었을 때 엄마는 마치 알고나 있었던
것처럼
당연하다는 것처럼 담담하게 받아들이며
민주화운동가족협의회 활동으로 두 팔 걷고 나서셨

습니다

　엄마는 그때,

　엄마의 셋째 딸을 생육의 딸로 본 것이 아니라,

　민주화운동의 큰 물줄기 속의 활동가로 보았고

　양심수 후원회와 통일 운동의 거대한 물줄기 속에

　엄마는 엄마 자신을 던져 넣으셨어요

　범민련 해산 총회 소식을 들으시고

　곡기를 끊고 연명 치료를 거부하시며

　팔에 꽂혀 있는 주삿바늘을 빼라 하시더니

　잠이 드셨는가 싶더니 눈을 감으시고,

　가끔 두 팔을 허공에 내저으시는

　엄마의 모습을 곁에서 지켜보면서

　엄마,

　엄마가 아파하시거나,

　엄마가 힘들어 하시거나 하는 모습으로

　엄마가 악몽을 꾸고 계시는 모습으로만 보이지 않

았어요

　소녀의 미소로 돌아와

　살아생전 못 보는 통일이라면 죽어서

　하루빨리 죽어서라도 통일된 조국을 보고 싶었던

　엄마의 모습으로 기억하고 싶었어요

　눈을 감고 아무 말씀 하시지 않았지만

　빼앗긴 땅 식민지 땅에서 태어나

　살아오신 한평생이 그렇게 말해 주고 있어요

　엄마의 품에서 자라고 엄마의 꿈을 지켜본

　엄마 셋째 딸 단아가 본 엄마는 영락없는 소녀의 미

소로

　통일된 조국의 언덕에서 산에서 들에서 훨훨 나는

나비로

　만세를 부르는 꿈 많은 소녀의 모습으로 보였어요

　곡기를 끊고 연명 치료를 거부했던 것이

　욕된 세상을 더 살아 무엇하느냐는 좌절의 표현이

아니라
　　마지막까지 우리에게 남아 있는 우리에게
　　단 한순간이라도 통일의 꿈을 버리거나 포기하지
마라고
　　신신당부하는 모습으로 보였어요.
　　엄마, 엄마의 꿈이 민족의 꿈이었고
　　엄마의 염원이 민족의 염원이었고
　　엄마의 바람이 민족의 바람이었어요

　　깜깜한 절망 뒤에 새날이 밝아 오듯이
　　얼어붙은 대지를 녹이는 것이 손톱보다 작은 새순
이듯이
　　봄은 그렇게 오고 있어요
　　동백이 뚝뚝 떨어져도
　　매화가 벙글고 산수유가 피고 바람맞이 꽃
　　통일의 꽃, 해방의 꽃으로 다시 피어 오는 봄을
　　엄마는 보고 계시는 거라 믿고 싶었어요
　　통일 동산에서 마냥 기뻐하는 어린아이 모습으로

훨훨 나는 나비춤으로 통일맞이 봄 춤을 추는
엄마의 모습으로 보았어요
우리는 엄마를 보내는 것이 아니라
엄마가 우리를 위로하고 계시는 거라 믿고 있어요
통일맞이 봄 춤을 추는 소녀의 모습으로
한겨레 봄 동산으로 먼저 가시는 것이라 믿어요
엄마,
엄마,
엄마의 딸 단아가 본 엄마의 모습은
영락없는 봄꽃으로 피어나고 있었어요

원근법

한 발 뒤로 물러서서 조금 더 멀리에서 보면
보이지 않았던 것이 보이고
아주 가까이에서는 전체를 보지 못합니다
부분은 전체 속에 있고, 전체는 부분을 통해 드러나듯
현상과 본질의 총체적 진실은 부분과 전체를 동시에
보아야 합니다

하루에 몇 개의 회의를 주재하고
또 하루에 몇 팀의 상담을 받고
연대와 꼭 가봐야 하는 행사장에 다닐 때
그때 내가 쓴 글은 메마른 유인물이거나, 회의 자료
거나
책 한 권 읽을 틈이 없었고, 글 한 줄 못 썼습니다

한 발 물러서고, 두 발 물러서자 자연도 눈에 들어오고
생태의 가치, 생명의 가치 무엇보다 사람이 살아가
는 하루가
그냥 살아가는 것이 아니라, 수많은 인연의 만남으

로 이뤄지고
　하나하나의 인연이 씨실과 날실로 얽혀 맺어지고
풀리며
　사람 사는 이치가 보이기 시작했는지도 모릅니다

　감옥에 있는 내게 필담으로 시를 이야기해 주시던
　문병란 시인이 내 시를 보며 세상을 관조하는 법을
배우라 하셨는데
　선생님이 가시고 한참 지난 어느 날
　광주 5월 묘소에 선생님께 술 한잔 올리고 시 한 편
읽으며
　그제야 깨달았습니다

전태일의 길

나는 돌아가야 한다
꼭 돌아가야 한다
내 마음의 고향
불쌍한 내 형제 곁으로

더 낮아지고
더 아픈 곳을 찾아
꼭 돌아가야 한다

우리가 만나야 할 전태일,
우리가 찾아야 할 전태일은
청계천에도 있고
대구 남산동에도 있다

과거에도 있었고
현재 이곳에도 있다

전태일이 걸었던 길

전태일의 생각과
삶이 형성되었던 곳
유년의 기억
청옥고등공민학교에서
남산동 골목길을 돌아
전태일이 살았던 옛집
지붕이 낮아 골목길에서
마당이 훤히 보이는
어린 전태일이 살았던 집

남산동 좁은 길을 걸어
그를 만나고 싶기 때문이다
전태일의 길
그 길을 기억하고자 하는 것은
과거를 잊지 않으면서
현재의 전태일을 만나고자 하는 것이다

지금 우리 곁에 있는 전태일을 찾고

전태일이 그토록 만나고 싶었던 대학생 친구가 되어
그 곁에 서 있고 싶기 때문이다

버스 몇 정거장을 걸어, 버스 차비를 모아
풀빵을 사서 어린 여공들과 나누던
그 마음을 담고 싶기 때문이다.

지금 우리가
전태일의 길을 기억하는 것은
그의 생애에서 다 담지 못했던
그의 생애에서 다 굴리지 못했던
삶의 덩이를 굴리고 싶기 때문이다

어머니 이제 집으로 돌아가요

어머니 이제 집으로 돌아가요
어머니의 집으로 태일이 태삼이가 살았던 집으로
보육원에 맡긴 어린 순덕이 손잡고 가요
어린 여공들 손잡고 집으로 가요
"어머니, 내가 못다 이룬 일, 어머니는 너무 많이 하
셨어요."

떠나온 곳도 우리 집이 아니고
거쳐 지나간 집도 우리 집이 아니고
가난한 우리들에게 집 한 채 없었어요
시장 바닥에서 잠을 잤고
공장 원단 위에서 잠을 잤고
재봉틀 위에서 졸았지만
마음 편히 쉴 집은 그 어디에도 없었어요

어머니 이제 집으로 돌아가요
태일이 태삼이의 집으로
순덕이 순옥이의 집으로

아버지 손잡고 집으로 가요
태일이가 생애 가장 행복한 순간으로 기억하는
남산동 집으로 가요 어머니

성모당 좁은 골목길을 돌아
판잣집 함석지붕에 살았던 그 집으로 가요
바보회 친구들, 삼동친목회 친구들
하루 14시간 시다로 일했던 어린 여공들
가녀린 손 잡고 집으로 가요

어머니 이제 집으로 가요
어머니의 집이 태일이의 집이고
어머니의 집이 상처받은 노동자들의 집이에요
때로는 쉬고 싶을 때
때로 마음이 공허할 때
언제라도 들러 마음을 추스르고
태일이가 쓴 일기장을 뒤적이며
인간 내면의 저 깊은 곳에서 외치는
우리는 기계가 아니다!

한 번 쓰고 버리는 일회용 소모품이 아니다!
인간으로 살고 싶었다!
외치고 싶은 사람은 누구라도 찾아오는 집
태일이의 집

해고된 노동자
비명 한번 지르지 못하고
기계에 찍혀 짓이겨져 죽어간 노동자
끓는 쇳물에 빠져 형체도 찾을 수 없었던 노동자
상처받은 영혼들을 들처업고 어머니의 집으로 돌아
가고 싶어요
모든 노동자의 어머니, 모든 어머니의 어머니
어머니 배가 고파요
어머니 추워요
어머니 나를 잊지 말아 주세요
어머니 "내가 못다 한 일 어머니가 해 주세요."

어머니 이제 집으로 돌아가요

판잣집의 흔적

땅속에서 무엇이 나오리라 기대하지 않았습니다
표피 흙을 걷어내고, 또 살짝 걷어내어
좁은 골목길 오래전에 지어졌던
옛집 행랑채
목구조 벽체에 함석지붕
건축물대장에 표시된 $12.5 m^2$
겨우 4평 남짓의 판잣집
전태일이 살았던 옛집

열여섯 전태일의 꿈을
호미로 땅을 걷어내며
시간의 흔적을 찾습니다

바람처럼 스쳐 지나간 세월
생의 가장 행복한 순간을 보냈다
대구 중구 남산동

7월의 뙤약볕에

세월의 흔적을 더듬어 갑니다
무엇이 나오리라 기대하지 않았습니다

어쩌면 오래전 내 기억을 찾는지도 모릅니다
『어느 청년 노동자의 죽음』을 읽으며
이불 속에서 울었던 기억을 찾는지도 모릅니다

스물두 살 뜨거웠던 순간들
1988년 파업 때 기억
감옥에서 단식으로 기억하던
전태일을 옛집에서 찾습니다

아들의 몸으로 살아낸 어머니의 세월

세상의 모든 그늘을 품고
자식의 몸으로 살아낸 세월
어머니,
어머니,
세상 모든 어머니의 어머니
그것을 사랑이라 부릅니다

인간에 대한 한없는
사랑입니다

세상 그 어떤 사랑이
자식을 품에 안고 있는 어미의 모습보다
아름다울 수 있을까요

어머니
배가 고파요
숯덩이가 된 자식을 품에 안고
죽어가는 모습을 지켜보아야 했던 어머니

세상에 그 어떤 슬픔이
죽어가는 자식을 품에 안은
어미보다 슬플 수 있을까요

세상 그 어떤 간절함이
자식이 살아내야 할 세상을 살고
아들의 몸으로
아들의 영혼으로
아들이 가고자 했던 그 길을
걸어갔던 어미의 세월만큼 간절했을까요

하청 노동자 전태일

우상과 신화의 껍질을 벗겨내면
그곳에 내가 있다
이 순간 이후의 세계에서
또다시 추방당한 내가

오래된 사진틀에 갇혀
날마다 고통스럽게 상징과 신화를 생산하는
저들의 환한 미소에 찌들어간다

네 소중한 벗들은 내가 그랬던 것처럼
마지막 밤을 밝히며 숨죽이고 있다

나는 보았다
그리고 지금 나는 그대들과 함께하고 있다
아무리 몸부림쳐도 벗어날 길 없는
어쩌며 노예의 운명과도 같은 하청 노동자

"근로기준법을 지켜라!"

가난한 몸뚱어리 불길로 타올라도 외면했던 그들
타성에 젖어 적당히 타협과 협상에 매달린 그들이
내 이름을 팔고, 다시 나를 죽이려 하고 있다는 것을
나는 알고 있다

나를 아는 모든 나여,
나를 모르는 모든 나여,
내 소중한 벗들이여!
나는 그대들과 함께 내 생애 다 못 굴린 덩이를
오늘 밤 그대들과 함께 굴리려 하네
마지막 남은 가난한 몸뚱어리 불길에 휩싸여도

우상과 신화의 껍질을 벗겨내면
나는 그대들이다
그대들이 전 · 태 · 일이다

그대 행복한가?

야만의 한 시대는 가고
독재자의 총칼에 쓰러진 젊은 넋들을 위한 노래는
어느새 추억의 팝송처럼 아련한 기억이 되고
밤마다 술로 뜬눈을 지새우던 젊은 벗들도
어느새 찌든 삶의 한 자락을 움켜쥐고
잊혀져 가는데
그대 행복한가?

그대들이 절망했던 자유와
민주주의에 대한 그리움은 어디에 있는가?
뒷골목의 술주정도
밤새 누군가의 이름을 부르며
아픈 기억들만 남아 있는 지금
그대 행복한가?

한 시대의 절망이 지나가면서
한 시대의 희망도 사라져 갔는가?

더 이상 독재자의 총칼과 군홧발이

민중을 억압하지 못한다 하더라도

아니 총칼보다 세련된

더욱 정교한

피 한 방울 흘리지 않는

통제와 감시는 내 안에서 이루어지고

허무와 체념 속에

끊임없이 고립되고 개별화되어 가는데

그대 행복한가?

한 여인이 울고 있다

한 여인이 울고 있다
비가 내리고,
밤에는 눈이 내렸다
눈앞에 보면서 불러보지도
못하고 눈물만 흘렸다
겨울로 들어서는 거리에서
하염없이 눈 내리는 하늘을 바라본다

하늘과 맞닿은 크레인이 바람을 갈라내는 소리
두 달치 밀린 일당 받아 오겠다더니
여인의 침묵이 부르는 감당할 수 없는 외침이다
소박한 밥상을 차려놓고
기다리는 저녁은 언제쯤 올까
민주주의라 말하는
개뼈다귀 같은 정치가 아니라
아내가 남편을 기다리는
소박한 밥상의 저녁은 언제쯤 올까?
눈은 내리고

한 여인은 소리 없이 눈물만 흘린다

피다, 꽃이다

피다
붉은 피다

꽃이다
붉은 꽃이다

하얀 눈 속에 피어난 동백꽃은
흰옷 입은 영혼들의 붉은 피다

피다! 꽃이다!
반란의 땅에 피어난 붉은 꽃이다
눈 속에 붉은 꽃이 더욱 선명하다

혁명의 깃발이 붉은 것은
눈밭에서 죽어간 순수한 영혼
붉은 피다
꽃이다

울타리 밖에서 바라보는 거리의 이편과 저편

한 떼의 무리들이 폭풍처럼 거리를 휩쓸고 지나간다
저 무리들 속에 깃발을 흔드는 꿈
저 무리들 속에서 팔뚝을 치켜드는 꿈

시새움의 눈빛이 아니라,
부러움의 눈빛이 아니라,
저들의 구호가 언젠가 우리들의 구호가 되고
저들의 파업 선언이
실업자들에게도 희망의 선언이 되기를 바랄 뿐이다

6030*의 꿈,
그 꿈의 현실마저도 여섯 시간으로 꺾이고,
다섯 시간으로 꺾이고,
10원짜리 동전 만 개로 내동댕이쳐지는 청춘의 꿈
꺾여진 청춘의 꿈이다

한 떼의 무리들이 폭풍처럼 거리를 휩쓸고 지나간다
거리를 지나면서 가게 안으로 던져 넣어주는 전단지

가슴에 와 닿지 않는 낡은 구호들
울타리 밖에서 바라보는 거리의 이편과 저편,

새벽 3시까지 마감을 치고,
손님들이 토해낸 화장실 청소까지 끝내놓고
편의점 앞에서 5천 원짜리 말라버린 족발 씹으며
소주 몇 잔에 흔들리는 눈빛으로
아침을 맞이하는 청춘들도 있으니,

도로 하나를 사이에 두고, 갈라져버린
울타리를 하나 사이에 두고, 갈라져버린
새벽과 밤을 가르는 사이
무능과 자괴감으로 무너져 내리는 청춘도 있으니,
그 차가운 손을 잡아야 한다
그 꺾인 꿈을 일으켜 세워야 한다

4월의 꽃 피는 봄,
7월의 불타는 거리에서

그 여윈 손을 잡아 일으켜 세워야 한다

손에서 공구를 내려놓는 순간,
도시 빈민으로 전락하는 늙은 노동자 앞에
불쑥 전도지를 내밀며
"불신지옥, 예수천당!"
그 미친 예수쟁이의 목쉰 소리가 들린다

대열의 후미에서 생수병에 소주를 넣어 마시고
힘겹게 따라가는 늙은 노동자를 보라
그 움푹 팬 불안한 하루를……

* 6030 : 2016년 최저 시급.

열다섯 살의 꿈

수업을 마치고 두세 개의 학원 수업을 끝내야
학습 진도를 따라가는 열다섯 살
지치고 지친 일상들이 짓누른다

학습 부진아가 되지 않기 위해서
정규직이 되기 위해서
열다섯 푸른 꿈은 교과 진도에 따라
영양제와 항생제로 길러진다

무슨 꿈을 꾸었을까
전쟁이 끝나고 엄마의 등에 업혀 바라본
끝없는 가난과 가난
구두닦이 신문팔이 빈 병 줍기 성냥팔이
판잣집이라도 한 가족이 한 지붕 아래 모여 살았으면
가난하지만 글자라도 배우고 친구와 놀았으면 좋
겠다
열다섯 태일의 꿈이 지금 아이들과 무엇이 달랐을까

대구 남산동 전태일의 옛집,

7월의 햇살이 등에 꽂혀도 호미로 삽으로

옛 집터의 흔적을 찾으며 전태일의 꿈을 생각했다

열다섯 살의 꿈,

지금 열다섯 청소년에게 전태일을 어떻게 이야기

할까

언젠가는 노동자로 살아가야 할 청소년에게

전태일의 옛집에서 무슨 이야기를 할까

열다섯 살의 꿈을 어떻게 이야기할까

여기 돌덩어리 몇 개가

전태일 가족이 살았던 집터라고 이야기할까

청옥고등공민학교를 다녔던 열다섯

전태일의 꿈을 이야기할까

나는 아버지처럼 할 수 없었습니다

김해 서부경찰서 유치장 밀양 레미콘녀 누피로
투명한 아크릴 막을 사이에 두고
생물학적 친권자로 만나는 순간,

그 너머에
아버지가 있었습니다 고등학교를 그만 뛰쳐나와
89년 노동자 파업으로 구속되었던
나를 면회 온
아버지,
그래 잘했다
면회 온 아버지는 내게 잘했다, 하셨는데

나는 딸 앞에서 잘했다고 말해 줄 수 없었습니다
다른 사람들은 딸 잘 키웠네, 하는데
생물학적 친권자 아빠인 나는
그냥 아프기만 했습니다

나를 보고 반가웠는지

경찰이 잡아 오면서, 미란다 고지를 하지 않았다
점심도 주지 않았다
국가는 유치인에 대한 건강과 생명을 보호할 의무
가 있다
경찰을 가르치고 있는 밀양 레미콘녀 누피의 아빠로
학교를 그만두고, 밀양 송전탑으로 들망생이처럼
날뛰는
딸아이의 모습에 아빠로
솔직히 그때는 아프기만 했습니다

내 아버지께서 내게 하신 것처럼
나는 딸에게 그래 잘했다, 말할 수 없었습니다
아수나로 청소년 인권운동을 하면서
친구의 죽음 앞에서 딸이 흘린 눈물이
그저 눈물만 있었겠어요

이별을 위한 서시

잘 가라
짧았던 환희의 순간과
음울했던 내 유년의 기억과
첫사랑의 가슴 아픈 이별까지도
잘 가라
이어 현실로 되살아오지 않는
민주주의여
잘 가라
과거의 기억만 뜯어먹고 사는
좌파의 이념까지도
잘 가라

더 이상 위협적이지도 못한 그대들만의
파업 노래도 잊기로 했다

나는
가난한 나타샤를 사랑했고
가난한 나는,

가난한 벗들과
기초수급에 목말라하는 벗들과 함께
슬픈 눈 내리는 밤,

그 슬픈 눈으로 사라져가는
생명과 함께
할 것이다

잘 가라
내 사랑 민주주의여
그대들만 안정적인 삶을 보장받는
그대들만의 민주주의여
잘 가라

가난한 벗들에게도 따사로운 햇살이 그리운
우리들의 봄을 찾아갈 것이니
이별을 서러워 말자
잘 가라

발

문

길을 걷는 마을 목수

정지창(문학평론가)

　　조선남 시인과 함께 겨울 길을 걸은 것은 지난 2012년
1월이었다. 당시 한국작가회의에서 제주의 강정마을에
해군기지를 만드는 데 반대하여 서울에서 목포까지 국도
1호선을 따라 걷는 운동을 시작했는데, 조 시인을 비롯한
대구·경북의 작가 몇 사람이 여기에 참가했다. 아침 일
찍 대구에서 출발한 일행은 거창, 장수, 진안, 전주를 거
쳐 점심 무렵 이서초등학교에 도착해 삼례에서 출발한
전북 지역 작가들의 본대와 합류했다. 우리보다 하루 먼
저 온 영천의 이중기 시인과 구룡포의 권선희 시인이 기
다리고 있었다. '평화의 감수성을 키우는 글발글발 평화
릴레이'의 일환으로 오후 한나절 우리는 전라북도 완주

군 이서면의 이서초등학교에서 김제시 금구면 사무소까지 두런두런 얘기를 나누며 쉬엄쉬엄 걸었다. 알고 보니 이 길은 갑오동학농민혁명 당시 전봉준 장군이 관군에 체포되어 압송되었던 바로 그 길이었다.

곧이어 창립될 '10월문학회' 길동무 시인들이 적극 참여한 것은 당연한 일이었다. 마음이 가는 곳에 몸이 따라가는 것이 이들의 습성이었으니까. 1946년 가을 대구와 경북 일대에서 벌어진 10월항쟁의 진상을 알리고 희생자들을 추모하기 위해 이들은 2013년 10월 1일 대구YMCA 강당에서 제1회 10월문학제를 여는 데 앞장섰고, 이후 10월문학제는 대구·경북을 넘어선 전국적인 문학 행사로 자리잡게 되었다.

조선남 시인의 두 번째 시집 『눈물도 때로는 희망』(푸른사상, 2016)에는 10월문학회 활동을 하면서 발표한 「가창댐」 「편두선 약으로 피우시던 엄마의 담배」 「학살의 흔적」 「그리움마저 두려웠다」 「광덕사 숲길」 등 다섯 편의 시가 실려 있다. 이 가운데 「편두선 약으로 피우시던 엄마의 담배」는 10월항쟁 민간인 피학살자 유족회 채영희 회장의 어머니를 노래한 시다.

　죽었는지 살았는지도 모르는 아버지를 기다리며

　영희, 진이, 오직 자식 남매 살려야 한다고,

모진 세월 살아가는데, 잊혀질 만하면 불러대는

경찰 조사에 산발한 머릴 다 해진 옷 골라 입고

미친 세상, 미친년 취급하는 경찰 조사에 맨 정신으로는

못 가겠다 하시던 엄마

(…)

엄마가 피우시던 담배,

편두선이 붓고 아파서 약으로 담배를 피우신다는 담배 연기

엄마가 아파하던 편두선이, 엄마 딸 영회도

엄마의 세월만큼 그렇게 아파옵니다.

—「편두선 약으로 피우시던 엄마의 담배」 부분

　사실은 외로움을 달래려 담배를 피워 편두선(편도선)이
아픈 것이지만, 편두선이 아파 담배를 피운다는 엄마의
역설적인 해명은 10월항쟁 유족들의 아픔을 절묘하게 드
러내고 있다. 이 시집의 뒷표지에 실린 표4에서 채영희
회장은 조선남의 시를 이렇게 평했다. "무지렁이 나도 시
를 읽는다. 우선 편히 읽을 수 있는 시가 좋더라. 생각이
아닌 몸과 맘으로 부딪쳐 땀 냄새 배인 시가 좋더라. 시를
읽으면서 감동의 눈물이 고여 시가 내 눈물을 먹을 때 좋
더라. 그리고 잊고 살았던 희망의 손짓이 시에서 보일 때
두 주먹이 쥐어지더라. 마음까지 덤으로 담아주는 정감
가는 조선남의 시가 정말 좋더라."

여기서 보듯 조선남의 시는 아프게 응어리진 유족의 한을 녹여 자기도 모르게 시인의 마음으로 승화시키는 힘을 지니고 있다. '빨갱이의 딸'이라는 멍에 때문에 초등학교만 겨우 다닌 채영희 씨가 조선남의 시를 읽으며 자기도 모르게 이미 시인이 되어버린 것을 우리는 발견한다.

수운 선생은 1860년 4월 경주 용담정에서 득도한 다음 해인 1861년부터 모든 사람이 하늘님을 모신 거룩한 존재이니 서로 공경하라는 만인평등의 민본주의 사상, 즉 동학을 포덕(布德)하였다. 그러자 보수적인 영남의 유생들이 이를 왜곡하여 '서학'이라고 공격하자 마지못해 전라도 쪽으로 피난길에 오른다. 수운은 경주에서 남쪽으로 내려가 남해안을 따라 전라도 구례를 거쳐 남원 교룡산성 덕밀암, 일명 은적암에 도달한다. 이러는 여정에서 한글가사인 「교훈가」, 「도수사」, 「권학가」, 「몽중노소문답가」와 함께 한문 경전인 「동학론」(일명 「논학문」)과 「수덕문」을 짓는다. 1861년 늦가을부터 1862년 여름 사이에 동학의 주요 경전들이 탄생한 것이다. 수운은 용담정에서 은적암에 이르는 길을 걸으며 동학의 핵심 사상을 정리하여 은적암에서 문자로 정착시킨 셈이니, 동학의 가르침은 길 위에서 태어난 것이나 다름없다.

조선남 시인은 2022년 정월 한겨울 추위 속에 경주 용담정에서 남원 은적암까지 수운 선생이 걸었던 옛길을 따라 약 한 달 동안 걸은 적이 있다. 이 시집의 1부에 실린 17편의 시는 이 순례길에서 일기처럼 쓴 것들이다. 30여 년을 노동자로 살면서 겪은 온갖 시련과 고통과 회한과 함께 시인은 수운이 가르친 개벽의 꿈을 되새긴다.

오늘 우리가 섬겨야 하는 하늘이 여기 있으니
사람이 하늘이고 하늘에는
권력도
재물도
학력도
땅을 가진 자도 가지지 못한 자도
집이 있고 없고
땅이 있고 없고
정규직도 비정규직도
이주노동자도 임시 일용직도
착취의 검은 손이 누구인지도 모르는
플랫폼, 프리랜서 노동자도
직업이 있고 없고
학벌과 연고가 있고 없고에 따라
인간을 갈라치고 멸시하고 차별하는 것이 없는
새로운 세상 후천개벽은
우리의 삶과

소소한 일상 속에서

한 걸음을 옮겨 놓듯이

생활 속에서 실천으로 이뤄져야 하니

하늘을 섬기듯이 사람을 섬기는 일이

무엇인가를 천 리 길을 걸으면서 깊이 생각하고

성찰하는 기도의 시간이 될 것입니다

—「옛길을 걸으며」 부분

그는 길을 걸으면서 "일은 하늘과 땅과 사람이 교감하는/ 민감하고 성스러운 순간"(「일하는 하느님」)임을 새삼 깨닫는다. "40년간 관군에 쫓기는 몸에도/ 가장 먼저 해월은 땅을 갈고 씨를 뿌렸다"(「일하는 하느님」)는 사실도 떠올린다. 그렇지만 50줄에 접어들어 점점 늙어가는 노동자의 처지를 생각하며 이제는 공장을 떠나 마을로 돌아가야 할 때라고 판단한다. "이젠 돌아가야겠다, 마을로/ 더 이상 팔리지 않는 내 노동의 가치를/ 부끄러워하지 않고// 골목 어귀에/ 나무 의자 하나 내놓아야겠다// 내가 모르는 누군가/ 피곤한 몸 잠시라도 쉬어가게"(「이젠 돌아가야겠다 마을로」).

조선남 시인의 순례길에는 김개남 길을 사흘간 걷다온 김석균 도반과 해월이 체포된 곳에서 순교지까지 걸은 최광식 도반이 함께하니 외롭지 않다. 이들은 고성산성에서 죽은 동학농민군 5천명을 위해 진혼제도 지내고 온 마을 사람이 학살된 섬거역 터와 3천명의 농민군이 학살된 섬진강 나루터에 목비를 세워주기도 한다.

시인이 한겨울의 순례길에서 찾은 것은 무엇일까? 하늘의 길인가, 사람의 길인가.

해가 바뀌고
길을 찾아 길을 나섰지만
길은 어디에도 없었습니다.

살아 온 길이 그렇고
지금 우리가 걸어가는 길이 그렇습니다.
여기서 멈출 수 없습니다.
걷고 또 걷고 하염없이 걷다 보니
길은 이미 내 안에 와 있고
나는 먼 길을 돌아 찾고 헤맸습니다.

사람의 길,
길을 걸을 때도 몰랐고
또 다 걷고 나서도 몰랐습니다.
그 길이 하늘의 길이라는 것을

길을 잃고 헤매도 그냥 걸었고

방향을 잃었을 때도

해가 뜨는 쪽을 동쪽이라 믿으며

동쪽 하늘만 바라보고 산을 기어오르고

때로는 강을 건너기 위해 멀리 돌아가기도 했지만

하늘은 높은 곳에만 있는 것이 아니었습니다.

닿을 수 없는 요원한 곳에 있는 것이 아니라

누구나 바라볼 수 있는 위치에 있는 것을

사람들은 하늘이라 불렀고

하늘의 소리는 사람을 통해 들렸습니다.

하늘의 뜻도 하늘의 소리도

하늘에서 내려오는 소리가 아니라

내 안에서 그 울림이 터져 나오는 소리라는 것을

알았습니다.

하늘의 소리는 가장 낮은 곳

땅을 흔들고 강물이 소용돌이치듯

낮은 곳에서 들렸습니다.

사람의 맺힌 염원이 하늘의 소리로 깨닫는 순간입니다.

—「사람의 길—을묘천서」전문

조선남 시인은 젊었을 적에 건설노동자로 일하면서 노
동운동에 적극 참여했다가 두 차례나 감옥살이를 했다.
요즘은 주로 마을 목수로 도시 뒷골목의 허름한 판잣집
이나 농촌의 외딴집을 보수하거나 개량하는 일을 하고
있다. 그러면서 나무를 깎고 다듬어 가구나 아이들의 장
난감도 만들고 인두를 달구어 목판에 그림과 글자를 새
겨넣는 작업도 한다. 그러다 보니 어느덧 나무와는 친숙
한 벗이 되어 서로 대화도 주고받는다. 시집의 2부와 3부
에 실린 시편들은 목수인 시인이 나무가 들려주는 얘기
를 받아적은 것이다.

숲속에 있을 때는
몰랐다
숲이 얼마나 폐쇄적인지

둥지였고
아늑함이었고
새에게 숲은 삶의 전부였는지도
모른다 그 숲에 깃들어 있는 동안
숲이 메말라 갈 때까지 몰랐다

나무 하나하나가

풀잎 하나하나가

숲을 이루고 있다는 것을 몰랐다

흔히,

숲은 보지 못하고 나무만 본다고 나무라지만

눈보라와 태풍을 견뎌내며 숲을 이뤄가는

하잘것없는 나뭇잎 풀잎 하나가

어떻게 숲을 이뤄가는지

나무와 풀잎은 가르치지 않는다

—「나무와 풀잎은 가르치지 않는다」 전문

그가 찾아가는 곳은 할머니 혼자 사는 달팽이집이나 "새와 강아지와 고양이가 주인으로 살고/ 할머니는 더부살이처럼"(「외딴집」) 사는 외딴집이다. 그가 만나는 사람은 방문을 걸어 잠그고 은둔형 외톨이가 된 소녀나 거동이 불편해 화장실 가는 것도 힘든 독거노인이다. 그렇지만 사람이 살지 않는 빈집에도 목련꽃은 화사하고, 잡초를 정성스럽게 가꾸는 할머니의 꽃밭에는 귀한 생명을 받은 꽃들이 곱게 피어 있다.

대구시 중구 남산동 판자촌에는 전태일(1948~1970)이 살던 집이 있다. 전태일이 1962년부터 1964년까지 세들어 살던 집이다. 어린 태일이는 이곳에서 근처의 청옥고등공민학교를 다니던 때를 "내 생애에서 가장 행복했던 시절"이라고 회상했다. 이곳 남산동 일대가 재개발이 되어 전태일이 살던 집이 사라질 지경이 되자 대구 시민들이 십시일반 모금을 하여 그 터를 사들여 '전태일' 문패를 달아 보존하게 되었다. 앞으로 전태일기념관을 지을 계획으로 모금을 계속하고 있으나 대구시는 아무런 지원도 하지 않고 있다. 조선남 시인은 이곳 전태일의 집을 수시로 들러 가꾸면서 태일이가 살던, 지금은 없어진 행랑채 터를 호미로 파내어 그 흔적을 찾아냈다. 4부에 실린 「판자집의 흔적」을 비롯한 시는 대부분 전태일과 전태일의 옛집에 얽힌 사연을 담고 있다.

"어머니, 이제 집으로 돌아가요." 어머니 이소선 여사의 손을 잡고 남산동의 옛집으로 모시고 들어가는 전태일의 육성을 조 시인은 생생하게 되살려 들려준다. 이제 전태일의 마음을 담아 전태일의 목소리로 말하는 조선남 시인의 시를 듣고 열다섯 살의 소년 전태일과 젊은 이소선 여사도 식구들과 모여 앉아 흐뭇한 미소를 짓고 있으리라.

어머니 이제 집으로 돌아가요
어머니의 집으로 태일이 태삼이가 살았던 집으로
보육원에 맡긴 어린 순덕이 손잡고 가요

어린 여공들 손잡고 집으로 가요
"어머니, 내가 못다 이룬 일, 어머니는 너무 많이 하셨어요."

떠나온 곳도 우리 집이 아니고
거쳐 지나간 집도 우리 집이 아니고
가난한 우리들에게 집 한 채 없었어요
시장 바닥에서 잠을 잤고
공장 원단 위에서 잠을 잤고
재봉틀 위에서 졸았지만
마음 편히 쉴 집은 그 어디에도 없었어요

어머니 이제 집으로 돌아가요
태일이 태삼이의 집으로
순덕이 순옥이의 집으로
아버지 손잡고 집으로 가요
태일이가 생애 가장 행복한 순간으로 기억하는
남산동 집으로 가요 어머니

성모당 좁은 골목길을 돌아
판잣집 함석지붕에 살았던 그 집으로 가요
바보회 친구들, 삼동친목회 친구들
하루 14시간 시다로 일했던 어린 여공들

가녀린 손 잡고 집으로 가요

어머니 이제 집으로 가요

어머니의 집이 태일이의 집이고

어머니의 집이 상처받은 노동자들의 집이에요

때로는 쉬고 싶을 때

때로 마음이 공허할 때

언제라도 들러 마음을 추스르고

태일이가 쓴 일기장을 뒤적이며

인간 내면의 저 깊은 곳에서 외치는

우리는 기계가 아니다!

한 번 쓰고 버리는 일회용 소모품이 아니다!

인간으로 살고 싶었다!

외치고 싶은 사람은 누구라도 찾아오는 집

태일이의 집

해고된 노동자

비명 한번 지르지 못하고

기계에 찍혀 짓이겨져 죽어간 노동자

끓는 쇳물에 빠져 형체도 찾을 수 없었던 노동자

상처받은 영혼들을 들쳐업고 어머니의 집으로 돌아가고

싶어요

모든 노동자의 어머니, 모든 어머니의 어머니

어머니 배가 고파요

어머니 추워요

어머니 나를 잊지 말아 주세요

어머니 "내가 못다 한 일 어머니가 해 주세요."

어머니 이제 집으로 돌아가요

—「어머니 이제 집으로 돌아가요」 전문

　바라건대 조선남 시인의 세 번째 시집이 외로운 유족들과 고달픈 노동자들에게 힘이 되고 위안이 되기를, 그리고 항상 시인과 함께 일하고 싸우며 정을 나누는 그의 아내와 힘겨운 운동의 길을 걷고 있는 두 딸들에게도 따뜻한 한 끼의 밥이 되고 일용할 양식이 되기를 간절히 빈다.

삶창시선